宗眞 맹태영 첫 번째 시집

소고기 국밥

소고기 국밥

발행일	2015년 9월 9일		
지은이	맹 태 영		
펴낸이	손 형 국		
펴낸곳	(주)북랩		
편집인	선일영	편집	서대종, 이소현, 권유선
디자인	이현수, 윤미리내, 임혜수, 김은해	제작	박기성, 황동현, 구성우, 이탄석
마케팅	김회란, 박진관, 이희정, 김아름		
출판등록	2004. 12. 1(제2012-000051호)		
주소	서울시 금천구 가산디지털 1로 168, 우림라이온스밸리 B동 B113, 114호		
홈페이지	www.book.co.kr		
전화번호	(02)2026-5777	팩스	(02)2026-5747

ISBN   979-11-5585-741-0 03810 (종이책)   979-11-5585-742-7 05810 (전자책)

이 도서의 국립중앙도서관 출판예정도서목록(CIP)은 서지정보유통지원시스템 홈페이지(http://seoji.nl.go.kr)와
국가자료공동목록시스템(http://www.nl.go.kr/kolisnet)에서 이용하실 수 있습니다.
(CIP제어번호 : CIP2015024280)

소고기 국밥

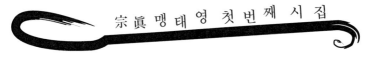

宗眞 맹태영 첫번째 시집

북랩 book Lab

늘 그렇듯이 순결은

뜨거운 정열 앞에 빨갛게 물이 들고

열정 뒤에는 늘 빈 바닥을 드러낸다.

·
·
·

「본문 중에서」

책머리에

매실청 담는 날.

유월 햇살은 잘 익은 매실 같다. 어제는 처형이 딴 매실을 장모님이 씻고 말리고, 오늘은 아내가 매실 넣고 설탕 넣고, 그렇게 일 년치 매실청을 담았다.

난 그저 매실 담을 작은 유리병 사는 데 짐꾼으로 따라다녔을 뿐이다. 그래도 "나 아니면 누가 매실 병을 들어 줄 건데?"

늘 이런 생각들을 하던 나였다.

어디 매실뿐이었을까? 매실 속 설탕이 녹아 부글거리듯 맘을 삭이는 아내의 부글거림이 느껴진다. 뒤통수에 달린 입으로 나는 쏘아붙였다.

"쳐다보면 어쩔 건데?"

"하나뿐인 '여보 당신如寶 當身'인데!"

뽀로통한 초록색 입술이

유리병 속에서 삐쭉거린다.

피어나는 작은 매화처럼….

2015년 여름
宗眞 맹태영

목차

제2부 꽃인 줄 알았다 / 45

제3부 소고기 국밥 / 77

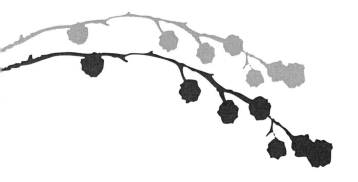

제4부 홍씨氏 할머니 / 117

제1부

/ 이상한 사랑 /

이상한 사랑

밥은 먹고 나면 배가 부른데
사랑은 왜 먹어도, 먹어도 허기가 지지?

물을 마시면 갈증이 없어지는데
사랑은 왜 마셔도, 마셔도 목마름이 더할까?

신나게 뛰어놀면 온몸이 고단한데
사랑은 하면 할수록 왜 힘이 생겨나지?

사랑은 신비한 힘을 가졌나 봐
사랑은 이상해
정말 이상해

사랑 나누기

꽃이 한들한들 춤을 춥니다
벌이 왱 왱 노래를 부르고요

둘은 꼭 껴안고 닫혔던 입술을 열고
서로의 긴 혀로 몸 깊숙이 어루만집니다

꿀 같은 달콤한 시간을 보냅니다
황홀한 절정이 끝나면

벌은 다시 사랑을 찾아 붕 날아가고
꽃은 흐트러진 입술을 바로하며

다시 한들한들 유혹의 향기를 날립니다

벌은 침을 감춘 사랑둥이!
꽃도 꿀을 숨긴 사랑둥이!

이 세상

하늘에는
구름들이 뛰어놀고

바다에는
고기들이 뛰어놀고

산에는
나무들이 뛰어놀고

오월에는
꽃들이 뛰어놀고

세상에는
아이들이 뛰어논다

모두 다 사랑스럽다
그래서 더 행복하다

소리
국밥

까치 가족

앞산 까치 까악 깍깍
한 잔 술에 흔들흔들 아비까치 울음소리

뒷산 까치 꺼억 꺽꺽
서러워도 울지 못한 어미까치 울음소리

배 하얗고 등 검은
엄마까치 깍깍 울고 아빠까치 꺽꺽 우네

울음 없고 눈물 마른
늙은 새끼 보고 싶어
이 산에서 깍깍 저 산에서 꺽꺽

그리우면 꿈속에서 만나질까
보고파서 불러 본다 깍깍 꺽꺽

어머니의 기도

동토冬土를 어루만지며
낙엽을 쓸고 가는 바람이
산사의 목탁을 치면

샛별들은 놀라서 눈을 감고
하늘은 두터운 이불을 걷어내며
푸른 속살을 드러낸다

은은한 종소리가
때맞추어 어머니를
자석처럼 끌어내면

풀잎들은 이슬의 맑은 감로수를
방울방울 들고서
작은 공양을 올린다

등 굽은 내 어머니도
마디 굵은 손가락 고이 모으고
흰머리 땅으로 내리며

소고기
국밥

멀리 떨어진 아들
가난한 딸들을 위해
오늘도 새벽을 걷는다

거울 속에 비친
내 모습이
익은 석류처럼 빨갛게 터진다

사랑 그것은

뽀얀 속살을 가진 아기 같아요
다치지 않게 잘 감싸 주어야 하지요

아기의 걸음마 같은 거예요
언제 넘어질지 위태로워 늘 곁에 있어 주어야 하지요

교실의 쉬는 시간 같은 거예요
까르르 까르르 언제나 웃음이 넘쳐나는 곳이죠

수험생의 닫힌 방 문 같은 거예요
아무도 그의 방을 쉽게 두드릴 수 없어요

푸른 잔디가 깔린 캠퍼스 같은 곳
가장 아름답고 소중한 추억의 앨범을 찍는 장소이지요

사회의 직장 같은 거예요
명퇴를 하든 진급을 하든 자기 노력에 따라 달라져요
병실의 침대 같은 거예요

나 아니면 너 한 사람이 꼭 곁에 있어 주어야 하는
무덤 앞 비석 같은 거예요
비석에 새긴 이름처럼 가슴에서 지워지지 않아요

값비싼 보석으로도 살 수 없어요
이슬처럼 맑고 영롱해서이지요

빈부귀천을 따지지 않고
가장 순수하고 낮은 곳에서 만날 수 있어요

그것은
당신이 가진
사랑이에요

안개 나비

가루가 되도록 빌고 빈 그리움은
까만 무덤 속을 나와
거리의 하얀 안개가 됩니다

약속도 없었는데
한 마디 말도 없이 희뿌옇게
내게로 날아옵니다

기억조차 희미한
따뜻한 온기와 다정한 눈빛
그리고 꿀 같은 속삭임

안개가 된 당신은
그리움에서 피어나는
한 마리 나비였습니다

이렇게 흐린 날은
나는 술을 먹고 안개를 마십니다
흠뻑 취해 비틀거릴 때까지
당신은 희미하게 내게로 날아옵니다
금방 허물을 벗고서
축축하게 젖은 그리움을 담고서

안개 속에서
너울너울 환상의 춤을 추며
내게로 날아옵니다

그리고 뼈 속 깊이 말아 감춘
주둥이를 밀어 넣고 골수까지 빨아먹습니다

오늘 같이 흐린 날은
나는 당신을 마십니다

하얀 눈사람

첫눈 내린 날
아무도 밟지 않은 눈으로 만든
하얀 눈사람

꽁꽁 언 손으로 호호 불며
하얗고 둥근 몸도 만들고
하얗고 둥근 얼굴도 만들어

일자 눈썹을 붙이고,
초승달 눈도 붙이고,
음~
반달 미소도 붙였다

눈사람이 감기 들까
빨간 목도리로
눈사람의 목을 감쌌다

눈사람은 알까?
눈이 녹으면
당신을 감싼 목도리만 남게 된다는 것

내 사랑이
눈사람 같이 차가운
당신을 녹인다는 것

눈사람이 된 당신
빙그레 웃기만 한다
내일이면 녹아 없어질 줄도 모른 채

겨울로 가는 열차

칸칸마다
계절의 낙엽을 채운 열차가

단풍 터널을 빠져나와
하얀 도시를 향해

미끄러운 레일을 펼치며
간이역에 잠시 멈춘다

목을 감싸는 예쁜 목도리
장갑과 마스크,

두터운 양말과 니트 스웨터가
줄지어 탑승을 하며

열차는 도시를 향해
하얀 전조등을 밝힌다

겉은 시커멓고 속은 노란
시골 할머니 같은 군고구마들
긴 대나무 꼬챙이에 끼여
24 몸을 불리는 거만한 어묵

풍만한 어머니의 젖가슴 같은
속이 꽉 찬 찐빵네

강철 거푸집이 강물인 듯
연신 첨벙거리는 단팥 붕어 떼들

노란 설탕을 가득 먹고서
뜨거운 찜질을 하는 호떡네

겨울을 먹고 사는 도시의 전령사들이
벌써 마중을 나왔다

덜컹거리며 도시로 향하는 열차는
뽀드득 뽀드득 도시를 하얗게 먹어간다

이별의 침묵

백야의 바다에서 잡힌
희멀건 명태의 눈은
퍼런 바다가 갈라놓은 희뿌연 물보라가 되어
새빨갛게 타오르던 입술을 덮치고

부서져 한 줌 나비가 된
침묵의 말들은
허공에서 허공으로
사모의 날개로 퍼덕인다

분화구에서 터진 용암처럼
심장으로 향하던
구만 육천 킬로 붉은 핏줄도
흐르지 못하는 하얀 길이 되고

처절히 불러도
찾을 수 없는 너의 이름은
촛불에서 밀려난
만년설의 눈물이 된다

살아온 시간과 살아갈 시간이
등을 마주한
이별의 침묵은
하얀 형벌로 휩싸인다

사랑

사랑은 대나무처럼
긴 세월 뿌리를 내리며
남김없이 속을 비우는 것이다

사랑은 매화처럼
거센 눈보라와 추위를 견디며
제일 먼저 피는 꽃이다

사랑은 팔천 미터
히말라야에 쌓인 하얀 눈을
작은 두 손으로 녹이는 것이다

사랑은 육백 년 전
등신불이 된 저 스님처럼
생각, 생각 한순간도 잊지 않는 것이다

행여나

타들어 가는 내 심장을 꺼내어 던지면
활활 타는 열기에 바다가 말라
행여나 내 사랑을 만날 수 있을까?

며칠 만에 백발이 된
머리카락 한 올 한 올 엮어
하얀 그물 만들어 바다에 던지면
행여나 내 사랑을 건져올 수 있을까?

눈물만 먹고 산 빨간 두 눈을 하늘 위로 띄우면
길잡이 북두칠성처럼 나를 알아보고
행여나 내 사랑이 찾아올 수 있을까?

부질없이
두 발만이 분주하네

행여나

각시춤

아들 찢어진 청바지 입고
신랑 메이커 신발 신고
멋 부리는 남편 선글라스 끼고
흥겹게 춤을 춘다

찢어진 청바지 안
허름한 팬티 입고
싸구려 헐렁 티
달랑 하나 걸치고

정작
옷 사고 신발 산
남편 아들 무표정에
얼씨구 좋을시구
한바탕 춤을 춘다
흥거운
각시의 춤이

소고기
국밥

오늘은 왜 그런지
파랗게 보일까
흠뻑 두들겨 맞아
시퍼렇게 물든
피멍처럼

백겁 천겁 만겁이 지나가도
만나기 어려워라
사랑아, 사랑아

내 사랑아

무릎 위에 앉은 사랑

나이 들어가는 내 아내는
가끔
내 약한 무릎에
걸터앉는다

가늘고 긴 목을
두 팔로
꼭 껴안고

어떤 날은
내 차가운 가슴에
등을 붙이고
내 손을 끌어다
뜨거운 가슴으로 가져간다

어떨 땐
마주보고 나와 가슴을 맞대고
두 손을 깍지 낀 채
굵어진 허리를 껴안고
닳아가는 어깨뼈에 얼굴을 기댄다

쇠고기
국밥

또
어느 날은
두 발 가지런히 한 채
어린 아이처럼
가슴에 얼굴을 묻는다

여리고 시린 무릎은
사랑이 앉을 수 있도록
오늘도
하얀 둥지를 튼다

사랑은 PC처럼

사랑은
자판 같다
모니터에 예쁜 그림과 좋은 글
손가락으로 자판을 치듯이
열정으로 상대의 심장을 두드려야 하니까

사랑은
메인보드 같다
순수와 진실, 이해와 배려,
헌신과 봉사, 기쁨과 감사
신뢰와 믿음의 칩이 아주 복잡하게
가슴 곳곳에 박혀 있으니까

사랑은
스피커 같다
가슴에서 보내는
아름다운 향기와 고운 마음을
적막한 나의 방에 크게 들려주니까
사랑은
프린트 같다

점점이 박힌 아름다운 기억들을
언제나 선명하게 출력 해낼 수 있으니까

사랑은
켜진 전원 스위치 같다
사랑의 스위치는 늘
가슴에서 깜빡이고 있으니까

어머니의 사랑가

일흔여덟 해
여자로 살고 있다

사내아이 하나, 딸아이 셋
그리고 몇 명의 손주들
내 어머니가 가진 재산이다

이십여 년을 넘게 아버지를 섬기고
삼십 년도 훨씬 전에 남편을 여의고

홀로된 여인
내 어머니는 그렇게 살아왔다

가혹하게 사용한 몸
이곳저곳이
이제 하나씩 구조물들로 채워져 간다

가지런히 고운 이빨도
사뿐사뿐 걷던 각선미의 다리도
맑고 초롱 했던 두 눈도
이제는 도구의 힘을 빌리지 않으면 안 된다

가끔씩 수면제 몇 알로 잠을 청하지만
아침이면 어김없이
염주를 돌리며 조용히 두 눈 감고
합장하며 기도한다

자식들, 며느리, 사위, 손주, 손녀들
아프지 말고 건강하라고
부부 다투지 말고 오래오래
행복하게 살아가라고

정작 자신을 위한 기도는 하나도 없다
일흔여덟 내 어머니는
오늘 아침도
두 손 모아 사랑가를 부르신다

사랑의 꿈

문득 보고파지면
무작정 기차를 탄다

건전지 꺼져 가는 전화기에
그의 목소리가 울린다
멈추어 있던 심장이 다시 뛴다

깍지를 끼고 가로등 불빛 아래서
거리의 냄새를 맡아 본다
온통 거리는 그의 향기다

종착역 없는 기차를 타고
좌석에 나란히 앉아
작은 어깨에 기대 잠든 그를 보며
잠이 깰까 숨도 멈춘다.
보고파 했던 바로 그다

서서히 멈추는 간이역에
그를 따라 내린다
멀리서 보이는 창 불빛을 따라 말없이 걷다
줄곧 잡고 있던 손을 보니

소고기
국밥

가지고 싶었던 손 바로 그다
깜깜한 방 불을 켜고
희미한 테라스 아래서
거품 가득한 맥주를 바라본다
마시고 싶었던 맛 바로 그다

바람소리에 웃는 흔들의자에
어깨동무 하고
아이처럼 별을 헤아리며
한 편의 시를 본다. 바로 그의 시다

커피향이 깨운 새벽
눈곱 달린 눈으로
커피 잔에 입술을 댄다
언제나 훔치고 싶었던 입술 바로 그다

붉은 태양 걸친 산을 배경 삼아
자동으로 맞추어진 카메라 앞
그의 볼에 입맞춤한다
선명한 붉은 태양이
빨간 내 심장과 하나가 된다. 바로 그다

팽목항 매미

여름도 아닌데
매미들이 운다
깊은 바다에서

십칠 년이나 자란 예쁜 굼벵이들이
쇠 벽을 앞발로 할퀴며
푸른 바다에서 울음을 운다

팽목항 매미는
꼭 엄마를 찾는 아이의 울음소리 같다

굳어 돌이 된 나무들은
깊게 파인 옹이에서
피보다 붉은 진을 하염없이 쏟아낸다

매미의 울음은
기적 같은 생을 위한 처절한 절규였다

사랑이란

사랑은 처절한 가난을 쓸어 가며
병과 아픔도 치유해 줍니다

사랑은 고통도 여의어 주고
괴로움도 없애 줍니다

사랑은 앉은뱅이도 일으켜 세우며
눈먼 이도 볼 수 있게 합니다

사랑은 좋은 향기가 나며
언제까지나 썩지 않습니다

사랑은 쌀과 같아 외로움을 채워 주고
소금과 같이 세상에 꼭 필요합니다

사랑은 단비와 같아 메마른 마음을 적셔 주고
하얀 눈과 같이 가슴에 내려앉습니다

사랑은 공기와 같아 한 순간도 떠나지 않으며
늘 우리 곁에 함께 합니다

풍경과 바람

차르렁 차르렁
골 깊은 산사의 새벽에
손닿지 않는 추녀 끝에서
청아한 울음을 운다

하늘을 날 수도 없고
땅을 밟을 수도 없이
온몸을 한 줄 외줄에 맡긴 채
애절한 울음을 운다

세찬 비바람에 몸을 비틀고
거센 눈보라에 몸이 깨어질 것 같은
산사의 울음을 운다

솔솔 불어오는 솔바람과
소녀 같은 실바람이 친구뿐인
슬픈 울음을 운다

혼자서는 울 수도 없고
도저히 그릴 수도 없는 바람만 그리며
타는 울음을 운다

차르릉 차르릉…

제2부

/ 꽃인 줄 알았다 /

착각

꽃인 줄 알았다!

멀리서 보았더니

다가갈수록

향기가 없다

가을에 피는 꽃

단풍잎이었다

검은 나무의 봄

하얀 그리움에
홀로 타 그을음이 된
검은 나무 아래서

노란 산수유도
하얀 목련나무도

오늘은 막무가내로
나머지 꽃들을 피웠을 살구나무도
푸른 숨통을 찾습니다

억만 년 어둠을 뚫고
작은 숨을 쉽니다
기다림에 터진 울음으로
그리움에 터진 봇물로

봄은
희망의 숨쉬기
그 푸른 호흡이고
버드나무를 흔드는 바람입니다

타래난초

저게 뭘까?

여름 파리처럼
다닥다닥 붙어 핀

새끼 병아리처럼
아기 강아지처럼
작은 코알라 같은

향기를 맡습니다
오랜 친구처럼
그리운 연인을 만난 듯
고운 향기가 납니다

한 발 떨어져서 이리 보고 저리 보고
빙글 빙글 춤을 추었습니다

단잠을 깨울까 봐
소녀처럼 발꿈치를 들고.

향기가 따라옵니다
좋은 친구처럼

먼 사랑이 물어옵니다
오래전 연인이

작고 귀여운 '타래난초'가 피었습니다

나뭇가지

눈이 나빠서일까
사람들은 나를 보지 못한다

돈이 되는 둥지는 귀이 여기고
잠깐 피는 꽃은 좋아하며
낙엽은 고이 간직하면서

미운 오리새끼처럼
둥지에서 불쑥 튀어나와
이리 굽고 저리 굽어
몸부림치는 나를

나그네는 푸른 그늘에 반해 다가와선
둥지만 어루만지고
떨어진 잎새 주머니에 간직하지만

수만 개의 잎들을 돋아나게 하고
새들이 쉬어가게 하는 나를 보지 못한다

차가운 하얀 눈을 담을 수 있는 것은
큰 둥지도 화려한 꽃도 넓은 잎도 아닌
못생기고 휘어진 나라는 것을

거미줄을 치듯
사방으로 나를 내어 놓으면
바람만이 다가와 슬며시 안아준다

나무는 걸을 수 없다고들 말하지
정말 그럴까
지금 나를 보세요

저 가벼운 바람에도
세상을 향해 쉬지 않고 유영을 하는

접시꽃

당신이 하늘이라면
걸어서 하늘까지 오르렵니다

별빛이 주신 생명줄 잡고
달빛이 내린 동아줄 타고

그리움이 길어져 흔들릴 때마다
소망의 봉오리 줄줄이 꿰어

해처럼 환하지는 못해도
당신이 알아볼 수 있도록

하얗고 노랗게 또 연분홍빛으로
그리움의 불꽃이 되어

저 먼 하늘을 오르는
꽃이 되겠습니다

소고기
국밥

내 가슴에 하늘을 넣어 봅니다
나만의 그리움을 담아서

오늘도 사슴처럼 긴 목으로
당신에게 환하게 다가갑니다

장미

몸을 팔아먹고 사는 창녀처럼

겹겹이 감춘 치마 속
노란 음모를 하늘거리며

빨간 립스틱을 덕지덕지 바르고
잦은 교태로 입술을 팔던 너!

세월의 바람에
이빨마저 모조리 잃어버린
늙은 할아버지의 주둥이처럼

기어이
색 바랜 치마를 벗어던지고

죽은 시체마냥
철망에 목을 얹었구나

너도 나처럼
지나는 바람과
내리는 이슬비에도

소고기
국밥

깜짝 깜짝 놀라서
이내 거울을 쳐다보는
나를 닮았구나

장미야
너는 피었다 지는 것이 아니라
늙어가는 것이다

나도 너처럼

살구나무

이십 년도 더 된 오동나무가
긴 그늘을 드리우고

가로수 은행나무가
초록색 우산을 펼칠 때면

금정산은 수줍음 타는 뒷집 박씨氏처럼
빈틈없이 푸르게 몸을 감춘다

회사 정문 앞에는
남편을 기다리는 아내 같은
세월을 따 먹는 나무가 하나 있다

몇 해 전만 해도
봄바람에 작은 나비가 된
분홍 꽃잎을 가진 벚꽃나무로 알았다

어느 해인가
떨어진 노란 열매를 맛보고서는

살구나무란 것을 알게 되었다
작년에는
엉덩이 큰 아낙이
쑥쑥 아이를 낳듯이
얼마나 크고 귀여운 아이들을 낳았는지

지나는 불청객들마다
산파가 된 할미처럼 아이들을 줄줄이 받아 내었다

살구나무가 파랗게 배가 불러온다
올해는 나도 산파나 되어 볼까?

황금색 노란
아이들을 받아나 볼까

개망초

배추 심고 무 심던 밭에
블록 벽을 쌓고
슬레이트로 지붕을 얹고 살았다

붉은 벽돌 이층 양옥집에 사는 친구가 부러워
가끔 그 집 하얀 침대에서 같이 잠을 잤지
은행 간부인 아버지를 둔 하얀 피부를 가진

그런 날은 내가 그 집의 아들이었다
그런 아버지를 두고 싶은 마음이었다
세상의 부러움만 받고 자라는

작은 밭 언덕에 아무렇게나 서서
여름에 내린 함박눈처럼 핀 개망초는
꼭 어린 시절 나를 닮았다

쳐다보면 목이 무거워
한참 동안 바라볼 수 없을 만큼 높고
비, 눈, 구름, 그리고 별과 달도 볼 수 없는 집
푸른 숲도 없이 덩그러니 나무 몇 그루
새소리보다는 자동차 경적이 더 요란한 곳,
아이들 웃음소리보다 다툼의 욕설이 난무한 곳,

그런 집에 내가 아버지다
예전에 그렇듯이 아내, 내 아들도
개망초를 보고 있겠지

비록 초라하고 따뜻한 눈짓을 받지 못해도
이름 석 자 또렷한
내 이름은 개망초

난 자유의 꽃이다
꿈도, 희망도, 사랑도, 행복마저도
흔들리면서도 의지로 피는

나를 버리지 마세요
나를 사랑해 주세요
나에게 미소를 주세요

내 이름은 개망초!

당신은 꽃

당신은 어여쁜 꽃인가요?
나는 못생긴 잎이랍니다!

당신은 화려한 꽃인가요?
나는 초라한 잎이랍니다!

당신은 달콤한 꿀을 가지셨나요?
나는 쌉쓸하고 텁텁한 맛이지요!

당신은 고운 향기를 풍기시지요
나는 당신의 향기만 마신답니다

당신은 벌과 나비와 노니시지요?
나는 오로지 당신밖에 없습니다!

당신은 아침이면 깨고 저녁이면 잠이 들지요
나는 아침부터 저녁까지 언제나 깨어 있어요

당신 생각에.
당신은 꽃! 나는 잎!

오동나무 까치집

오동나무 마른 가지 위에
까치 한 쌍 집을 짓고 살았습니다

몇 달 후
새끼까치도 부부까치도 훨훨 날아가고
까치집은 빈 집이 되었습니다

어느 날인지
포도송이처럼 보라색 꽃들이
텅 빈 까치집을 찾아 왔습니다

여기저기
가지마다 앉아서
까치처럼 입을 벌려 웃고 있었습니다

오동나무는
너무도 행복해서
팔을 벌려 손짓합니다

어서 내 가슴에 안기라고

내가 꽃을 사랑하는 이유

추운 겨울을 이겨 낸
승리의
작은 트로피이기 때문입니다

다른 꽃을 부러워하지 않고
자신만의 색깔로
세상을 그려 내기 때문입니다

영원히
피어있지 않고
피어도 오래 머물지 않기 때문입니다

눈과 비, 바람 앞에 흔들리면서도
희망을
피워 내기 때문입니다

분별하지 않고
벌과 나비, 때로는 새들에게도
자신을 온전히 다 내어 주기 때문입니다

소고기
국밥

그들의 향기와 꿀, 또 아름다운 색들은
남김없이 주는 마음인
사랑에서 생겨난 것입니다

그들은
사랑의 힘으로
피어납니다

나는
그 위대한 사랑을
꽃이라 부른답니다

민들레

보이는 것이
전부가 아니야!
엎드려 있다고
깔보지 마!

숨으면 땅속으로
여섯 자 여섯 치요
하늘을 날면
사방 백리라

민중의 꽃
서민의 약초
정다운 이름
나는 민들레!

오늘은 나도 꽃에게 가고 싶다

매표소, 대합실, 승차장,
그리고 하차장, 주차장,
옹기종기 소곤소곤,
와자지껄 웅성웅성,

할아버지, 아주머니,
중고생, 대학생, 연인들,
승복 입은 스님, 아기들,
어제 떨어진 꽃잎들까지

또닥또닥 붙은 머리들이
꽃잎처럼 흔들린다
강가에 늘어진
버드나무 가지처럼

설렘으로 가는 긴 줄이다
축제로 가는 즐거움이다
꽃으로 가는 한 마음이다
꽃이 꽃을 만나는 날이다

하얀 목련

가난한 가지에
벌거벗은 몸으로 버티다
동상으로 갈라진
가지 마디마디마다
수줍은 꽃눈으로 밝히고
환한 웃음을 짓는다

나는
비단 같은 웃음으로
한 꺼풀씩 눈으로 벗기며
나만의 사랑으로 풀어헤친다
몇 날의 황홀함이 가시기도 전에

저 남강에 논개가 던진
호국의 투신처럼
순결함을 지켜 내지 못한 하얀 목련은
땅으로, 땅으로 곤두박질치고
겨울보다 더 깊은 어둠
그 뜨거운 불길 속으로 자신을 내던진다
하얀 죽음 앞에
동백나무는 응어리진 피를 뱉어 내고

목련 타는 냄새에 놀란 벚꽃은
그제야 허둥지둥 바쁜 걸음을 옮기며
던져진 순결은 녹슨 무덤이 된다
한쪽 입꼬리 미소를 짓는 나는
또 벚꽃으로 간다

살풀이춤

여름이 다가오면
고향 떠난 그리움에
외진 곳 지천에서
난치의 하얀 기침을 한다

긴 목대를 나온 서러운 노래는
빛이 되어 가지런히 퍼지고
작은 바람에 흐느적거리는 꽃대는
살풀이춤을 추는데

서러운 울음을 숨기려
녹슨 기찻길로 달려가고
비탈진 언덕을 구르며
절 뒤 산신각을 찾지만
휘어진 등을
쓰다듬는 이 아무도 없다

이름 없는 풀이라면
차라리
이렇게 아프지 않겠지
다시 여름이 찾아와

들길을 걷고 척박한 땅을 지날 때
한 무리 하얀 울음소리 터지면
한 번쯤 뒤 보세요

치욕과 수치를 먹고 자란
개망초
나의 슬픈 가무를

담쟁이의 다비식

화살 같은 열대 여섯 개의 태풍이
그의 등을 뚫고 갔다
앞으로 몇 개의 태풍이
지나갈지도 모른 채
상처 난 등을 업고 벽을 오른다

느리지만 쉬지 않고
힘겹지만 멈추지 않으며
한 발 한 발
밤눈 어둔
어머니의 바느질 같은 걸음으로

젊은 시절 초록 비단옷을
열熱 바람 지난 자리에
붉은 비단 향으로 담금질하며
흔적과 추억의 문신을 새기고
직벽의 담을 오른다

외로운 나무와 돌담과
고독한 벽의 친구들을 향해
더 세찬 아침 바람이 불면

빨간 비단옷으로 갈아입고
뜨거운 다비식을 치룰 것이다

화려하고 예쁜 꽃을 피우지 못하고
새콤달콤한 과일도 만들지도 못하며
남에게 빌붙어 산다고 천대를 받으면서도

티베트의 풍장風葬처럼
제 살을 바람으로 태운다

그때가 한 송이 꽃이 되고
달달한 과일이 되고
바람을 주는 손이 된다

다비식이 끝나면
새까맣게 탄 작은사리들이
하얀 눈밭에 누워 잠을 자리라

저 멀리 새들의 염불 소리가
벌써부터 자욱하게 담을 감쌀 때
담쟁이는 힘차게 가을을 오른다

나무는 또 다른 사람이다

나무는
욕심쟁이 먹보이다
눈과 비도 먹고
천둥과 번개와
안개와 이슬도 마시고
새소리 물소리도
꿀꺽 꿀꺽 삼킨다

나무는
똥구멍도 없는 장애인이다
맑은 공기와 시원한 그늘
아름다운 풍경들을
나오는 구멍도 없는데
쉼 없이 쏟아낸다

나무는
자판기 같은 시인이다
누구나 그를 만지면
튀겨진 팝콘처럼
많은 시들이 우수수 떨어진다
나는 떨어진 시 한 편을 주울 뿐이다

나무는
푸른 극장의 지휘자이다
그를 치면 타악기가 되고
건드리면 현악기가 되고
바람이 지나가면 관악기가 되어
거대한 오케스트라의 연주를 한다

나무는
또 다른 사람이다
잎으로 춤을 추고
가지로 친구를 맺으며
꽃으로 그림을 그리고
열매로 아이를 낳는다
향기로 이 모든 것을 말할 뿐이다

그는
나처럼 하늘을 좋아한다
바다처럼 푸른 하늘을

단풍나무 꽃

너무도 붉어
잎들이 한 송이
거대한 꽃이 되어 버린

그래서

빨간 별이 된 나무
은하수처럼 빛으로 운다

꽃을 훔친
참회의 낯빛으로

나팔꽃

붕 붕 붕 붕
나팔 소리에
새벽이 열렸다

층 높은 아파트 벽을 타고
골목 모퉁이마다
돌담 사이에서

나팔꽃이 피었다
파랗게 빨갛게
삼천리 방방곡곡에
광복의 나팔이

제3부
/ 소고기 국밥 /

질투

푸르게 칠해진 입추가
달력에 매달려 있다

푹푹 찌는 팔월
된장 같은 그 깊은 맛에

설익은
가을을 푹 찍어 먹는다

아직은
땀 냄새 비린 여름이다

소고기
국밥

비 맞이

강 위로 비가 내립니다
강은 온몸으로 비를 맞이합니다

강이 외로울 것 같아
내가 친구가 되어 줍니다

나무도 비를 맞습니다
땅도 비에 젖습니다

땅도 나무도
시커먼 속내를 드러냅니다

유독 사람들만 우산을 받쳐 들고
까만 속내를 감춥니다

오늘은 강과 나무와 땅과
친구가 됩니다

시커먼 내 속을
비에 드러내 봅니다

연지공원

금슬 좋은 노老부부가 손을 꼭 잡고
오 일 장터목을 기웃거리듯
큰 잉어 한 쌍이
뒷짐을 지고 푸른 법당을 어슬렁거린다

노란 부리 빨간 발,
검은 머리에 초록 염색물을 들인
수컷 청둥오리 두 마리도 터벅터벅
틈마다 머리를 박아 절을 하고

친구 자라와
숨바꼭질을 하는 개구쟁이는
작은 돌 위에서 신중탱화처럼
꼭꼭 색으로 몸을 숨겼다

산 계곡을 내려온 바람이
고요한 호수의 문을 두드리면
호수는 사춘기 소녀마냥
처마 끝 풍경처럼 까르르 문을 열고
호수를 덮은 둥근 좌복 위엔
노란 법의를 걸친 수련이

허리를 곧게 세우고
고요히 명상에 잠겼다

천왕문의 사천왕처럼
호수를 둘러싼 메타세쿼이아는
그 큰 위용에 바람도 거스르고
호수 밖의 더러움도 걸러 준다

미처 거르지 못한 바람은
부들 숲에 갇혀
작은 법륜대를 돌리며
짧은 다라니를 바르르 읽어 나가니

하나 둘
호수의 법당에 모여든다
하늘도 산도 구름도,
새소리 바람소리 그리고 내 그림자도

소고기 국밥

얼마나 찾아다녔을까
모서리마다 백발처럼 허옇게
벗겨진 도금 식판에

버거운 거품을 되 올려
주둥이를 쩝쩝거리며
검은 뚝배기가 부르르 떤다

빚어 썰어 넣은 무도 퍼석 물이 들고
머리 잘린 콩나물들은 뒤엉킨 채
미꾸라지처럼 붉은 연못에 몸을 숨긴다

펄펄 끓는 뚝배기 곁에
오동통한 볼을 가진 수줍은 처녀가
소복이 하얀 순결을 담고
음흉한 나의 손길을 기다린다

난 뚜껑을 열고
밤새 어지럽게 흩어진 이불을 헤집듯
뜨거워진 뽀얀 살결을 어루만지며
허기진 욕구를 채워 간다

늘 그렇듯이 순결은
뜨거운 정열 앞에 빨갛게 물이 들고
열정 뒤에는 늘 빈 바닥을 드러낸다
그래서 순결은 맛이 좋다

소고기 국밥이
내 앞에서 펄펄 끓고 있다
하얀 순결을 옆에 두고

어떤 날은 우산을 접고

비가 오는 어떤 날은
우산을 접고
머리부터 흠뻑 젖고 싶은 날이 있다

마시는 소주에
천천히 취하듯
흔들리는 뇌를 취하게 하고

그래서
생각들로 젖은 빗물들이
한 방울씩 떠내려가
타오르며 온몸을 태울 것 같은 심장을
흠뻑 적셔주었으면 좋겠다

그래도
허기진 그리움에 목이 탄다면
찌그러진 양은 막걸리 잔에
술을 따르듯 빗물을 채워 마시고
주린 창자를 채웠으면 좋겠다

소고기
국밥

손님

늦은 봄
저녁 해를 밀고
손님이 찾아왔다

하루 종일 흐렸던 마음을
위로한다고
또닥또닥 음악을 들고

이런 날은
밤이 새도록
손님과 나

밤 잔에 가득 채워진
음악을 마시며
가슴 속 여행을 떠나야지

햇살 가득한 아침으로

푸른 그늘

소나무들이 벽이 된 그곳은
푸른 빛 그늘이 있고,

가지를 사방으로 뻗치고
점점이 작은 손으로 부채질을 하는
한 그루 외로운 은행나무도 살고

지난겨울 부부까치에게 무상으로 집을 내어 주고
풀숲의 주인이라도 된 듯 의기양양한
메타세쿼이아 나무도 있다

오늘은 여린 잔디들이 만든 오솔길이
공연장으로 안내를 한다

작은 토끼풀 꽃들과 이름 모를 새들이
벌써 흥거운 화음을 주고받는다

찌 찌 찌찌 새들이 관악기를 불면
흔들흔들 장단을 맞추고
찍 찍 찌 찌 타악기를 치면
한들한들 춤을 춘다

그 평화로운 연주 속에
오늘은 내가 있다

후~
환호의 박수와 함께
풀숲 마지막 민들레 홀씨가
푸른 하늘로 비상한다

툭툭 털고 나오는 등 뒤로
숲은 이내 시끄러운 평온으로 돌아간다

달동네

나도 살았었지

낮의 반대편에 물끄러미 서 있는 밤

밝음에 가려진 골목의 어둠

평지의 길 위에 세워진 비탈

풍족과 멀어진 단칸방 하나

청춘의 가슴에 까맣게 뚫린 창문

달동네 붉은 달은 오늘도 떠오른다

별은 가슴으로 쏟아지는데

무 한약

잘 먹지도 않는 무 깍두기
고약하게 생겨 먹은 한약
둘은 서로 부드러운 적일까 ?

한약 먹을 때는 무 먹지 말라고?
둘의 싸움에 나만 피해자네
한약은 먹어야 되고
깍두기는 먹고 싶고

허허 참
설탕 듬뿍 들어간 커피나 한 잔 해야지

머리카락 위로
하얀 설탕이 눈처럼 뿌려진다

봄, 미친바람 그리고 비

꿈틀거리는 봄

미친바람이 가로막고

겨울에 떨어진

솔방울을 끌고 간다

후두둑 후두둑…

비로 때리며

2월

유독 작은 동생처럼

몹시도 왜소한 친구처럼

유난히 병치레하는 자식같이

애처롭게 버림받고

길목에서 서성이는

작아서 아쉬운

못난 나 같은 너

봄 공장

탕 탕!!
깊은 개울 얼음 깨지는 소리가
공장에서 울리는 망치소리 같다
못난 나를 내가 때리는
작은 위안의 울음소리처럼
쩍쩍 갈라진다

톡 톡!!
새순들의 힘찬 춤사위가
공장 용광로의 쇳물 끓는 모습 같다
불순물로 가득한 나를
소생의 열꽃바다에
첨벙 밀어 넣는다

펑 펑!!
뿌리들의 힘찬 펌프질이
공장 라인에서 쏟아지는 부품 같다
내 인생의 봄도
산더미처럼 쌓이는 상품의 하나가 되어
진열대에 놓여지겠지

웽 웽!!
색색 꽃들이 피는 아우성소리가
공장 기계의 모터소리 같다
꽃을 찾는 벌들처럼
봄을 찾는 나의 날갯짓에
웅웅거리며 봄이 꽃처럼 피어난다

공장 생활에 익숙해져서인지
초록의 봄마저도
십자의 안전마크처럼 공장을 닮았다

내 친구

내 친구는
멋지고 화려한 옷을 걸치고
아름다운 목소리에
늘씬한 몸매, 예쁜 얼굴을 가졌어

그 친구는
땅속에서는 두더지
하늘에서는 독수리
물속에서는 돌고래처럼
마음먹은 대로 할 수 있지

몇 시간이 어떻게 지나갔는지
하루가 어떻게 지나갔는지
며칠이 어떻게 지나갔는지
도대체 알 수 없이 지나간다고

늦은 밤에도
모두가 잠든 새벽에도
월요일 또 일요일에도
언제고 어느 때고 부르면 금방 나타나지
우리 사이에는

소리
국밥

엄마도 아빠도 예쁜 동생도
여자 친구도 남자 친구도
아무도 들어오지 못해

우리를 갈라놓으려는 사람들은
내 모든 재산을 그 친구에게 주며
내가 죽거나 그가 죽거나
사회와 가정을 파괴할 거야
취직? 그딴 건 먼 이웃나라 얘기지

키보드와 마우스
크고 넓고 푸른 배경을 가진 화면
영혼의 파괴자 인터넷게임은
사랑하는 내 친구

연필

아무렇게 자란 나무였지
세상을 알기 전에는

세상이란 대패에 깎이고,
세상이란 톱날에 잘려서
편편한 나무판이 된 나는

가슴 한 가운데
긴 홈을 파내었어

나를 사랑할 나무도
나와 같이 가슴을 도려내었겠지

어느 날 두 나무는
가슴속에 색색의 심心을 박고 하나가 되었지

연필이 된 나무는 또박 또박 둘만의
긴사랑 얘기를 써 내려가겠지

나룻배

지는 해를 따라
강물이 흘러갑니다

강물을 따라
빨간 노을도 흐르고

강을 가로지른 힘찬 다리를
나룻배는 슬픈 눈으로 바라봅니다

반달이 된 낮달이
슬그머니 배에 오르고

노을을 따라
나룻배도 흘러갑니다

첫눈

봄, 여름 그리고 가을
계절의 향기를 담은
구름 바구니가 까맣게 익어

운동회 때 박 깨기 놀이처럼
툭 터져
하얀 꽃가루로 쏟아진다

석불로 쏟아진 꽃은
은빛 가사가 되고
푸른 마리아 동상에 내린 꽃은
포근한 포대기가 되고
십자가 네온등에 내린 꽃은
구원의 손이 된다

내 사는 작은 아파트
쉼터 모자상 위에도
하얗게 꽃이 핀다

황홀한 눈꽃
그 경이로움 앞에
벌벌 긴다

사람도 차도

출근길

가족들의 환한 미소를 등에 지고
작은 새들의 지저귐을 머리에 얹고
행복을 한 봇짐 주는 일터로 나아가는 아침

왼쪽에는 키 작은 능소화
오른쪽에는 석류나무가
빨갛게 손을 흔들며 아파트가 배웅을 합니다

윙크하는 신호등을 건너면
합환수라 불리는 멋진 자귀나무가
연분홍 실오리를 한들거리며
밤새 이야기를 풀어 놓습니다

빵빵!!
자동차의 경적이 우리들의 이야기를 찢어 놓으면
잠깐의 수다를 뒤로하고
멋지고 날씬한 지하철을 기다립니다
가끔은
실성한 남자처럼 자판기 커피와
뜨거운 입맞춤을 합니다

가슴이 두근거립니다
땅이 흔들리기 시작합니다
저 멀리 열차의 붉은 전조등이 보입니다

스르르 문이 열리고
내 하루에 몸을 싣습니다
열차는 행복을 향해 힘차게 달려 나갑니다

세월

은빛 춤을 추던 푸른 강이
지친 태양이 토해 놓은
노을을 마신다

셀 수 없는 바람은
봄, 여름, 가을 그리고 겨울
세월의 주름을 파내고

일그러진 보름달은
낙동강에 누워
정처 없이 떠내려간다

하얀 국화

어! 어! 어~

쿵!

와 르 르

…………

올 가을엔

피맺힌 하얀 국화가 먼저 피었다

환풍구 철제 덮개 위에

하얀 방

이 방은 겨울
눈 속처럼 온통 하얗다

벽도 천정도 세면장도 변기도
침대도 시트도 전등까지도

오고 가는 말도
왔다 가는 걸음도
삐삐거리는 기계들의 대화도
모두 하얀색이다

TV 뉴스엔
서울에 첫눈이 내렸다 한다
주사바늘보다
아픈 첫눈이 내렸다고

세면장 하얀 비누로 씻으면
깨끗해질까?

계절도 세월도
꽃피는 따뜻한 그때로

꺼진 에어컨에서 나오는 바람이
온통 이 방을 하얗게 만든다

이 방은 겨울
눈 속처럼 온통 차갑다

나이 먹은 침대

큰 나무 아래 사는
볼품없는 흰 나무처럼

울퉁불퉁 튀어나온 등뼈 옆
쭈그러진 등이 가렵다

물도 햇빛도 빼앗겨
자라다 멈춘 꼽추나무처럼

슬머시 등 뒤로 손을 돌려
지문보다 깊숙이 패인 주름 속에 감춰진
두꺼운 손톱을 세워 등을 긁는다

벅벅 등 긁는 소리가
삐거덕거리는 나이 먹은 침대의
가래 끓는 소리를 담았다

등 긁는 기침소리에 아내가 깰까
색 바랜 솜이불을 젖히고
한 발을 땅으로 내려놓는다
팔과 다리 그리고 가슴
탄력 잃은 엉덩이조차
슬그머니 나를 따라 내린다

미소

미소는 보온밥통이 없던 시절 엄마가
아랫목 이불 속에 넣어 놓은 따뜻한 밥공기처럼
차갑고 시린 마음을 채워 주는 따뜻함입니다

미소는 외등이 없는 골목길
밤하늘을 환하게 비추는 보름달처럼
사람 사이를 밝게 만드는 마음의 등불입니다

미소는 인적 없는 산 속
마주한 예쁜 야생화의 풋풋한 내음처럼
오랫동안 가슴에서 사라지지 않는 향수입니다

미소는 볼 수도 만질 수도 없는 마음 속
탐, 진, 치와 아만을 다스리는 약처럼
마음의 질병을 없애 주는 해독제입니다

미소는 들판 가득 번져가는 들꽃처럼
나와 너와 세상 모든 이들을 생명 꽃으로 키우는
끊임없이 흐르는 마음의 감로수입니다

소고기
국밥

귀성길

새 옷 갈아입고 손, 손마다 꾸러미 들고
승용차로 승합차로
버스로 화물차로
고향으로 향하는 긴긴 행렬이

비 내리는 아침
붉은 미등을 켜고
도로마다 가득가득 사랑을 싣고
경쾌한 경적을 울린다

마을 어귀 큰 감나무 하나
집집마다 아이들 웃음소리
사과, 배, 감, 대추, 김이 나는 하얀 쌀밥
엄마의 냄새가 배어 있는 포근한 방

늦은 밤 이른 새벽 엄마의 기도를 먹고 자란
밝고도 맑고, 크고도 환한
고향 달, 사랑 달, 그리움 달, 그리고
마음 달을 향해 네 바퀴는 힘차게 구른다

가을 앞에서

늦 태어난 매미가 뱉어 낸 각혈의 울음이
세 갈래 단풍나무의 나뭇잎을
하나씩 빨갛게 물들이고 있다

일러서 찾지 않는 아이들의 놀이터엔
나이 들어 버린 늙은 아이들이
초점 잃은 눈으로 침묵의 기도를 하고

한쪽 구석에 설치된 체육시설에는
힘없이 말라 주름진 손들이
관절만 꺾이는 로봇처럼 둔탁하게 삐걱댄다

가을이
늙은 아이들을 닮았다
빨갛게 물들었다 떨어지는 잎처럼

붉은 낙엽 위로 떨어지는 도토리가
예비군사격장 총소리를 닮았다
툭! 탕! 탕!

소리기
국밥

몰운대 몽돌

은빛 파도를 한 모금 베어 먹고
쉴 새 없이 찍어 내는 하얀 정질은
덕지덕지 붙은 때를 벗겨 낸다

몇천 년을 맞고 굴러야
저토록 반질거릴까?
물고기 등에 난 나무를 잘라 만든 목탁처럼
파도가 칠 때마다 아픔으로 떼구루루 몸을 떤다

억겁의 세월
흙의 윤회에 갇힌
태백산맥 남쪽 끝자리 몰운대 몽돌들은
오늘도 파도에 몸을 맡기고

난 꿈을 꾸는 눈동자 닮은
동그란 돌 하나
구름에 숨겨 왔다

거리의 이삭

전날 누군가가 갈겨 놓은 오줌 묻은
동네 편의점 모퉁이

하얀 라면 박스, 파란 박카스 박스,
붉은 사과 박스, 회색 정보지와 신문지,
단정했던 예전 모습들이 없이

찢겨지고 뜯겨지고
오물같이 누런 테이프가 반쯤 혀를 내밀고
너덜너덜 거리를 핥고 있다

공사판 찢어진 합판을 덧댄
바람 빠진 리어카가 슬며시 그 옆에 앉는다

밤보다 어두운 피부
굽을 대로 굽은 허리
깊은 이마 주름
바람 빠진 허물한 손

숭늉
국밥

리어카의 주인은
반쯤 피다 버린 꽁초를 주워
새벽 불을 댕긴다

주린 위장에 연기가 자욱하다
새까맣게 탄 입술은 연기마저 삼키고
가난한 뱃속은 다시 입을 벌린다

지루한 삶의 후반전
종료 휘슬이 울리길 바라는 걸까
푸른 잔디밭이 그리울까?

새벽이 점점 안개에 휩싸인다

오르가즘

춘분 앞에 며칠 내린 비가
행화우였나

처녀 하얀 속살 같은 신비로움이
가지 곳곳에서 벗으며
나풀거린다

어디에 숨었다 나타났는지
꿀벌은 말아 올린 긴 혀를 펴
수줍게 벗은 속살을
연신 핥아댄다

첫 경험 황홀함에
한껏 뒤로 몸을 젖힌 채
살구꽃도 벌도
그리고
나도
파르르 몸을 떤다

봄의 오르가즘에…

어린 갈바람

휘익
베란다를 마주하고 열어 놓은 현관
그곳으로 바람이 찾아왔다

늘 갇혀
방에서만 놀던 바람이

뚫린 양쪽 문을 오가며
신나라 한다

어제 밤에는
구수한 고향집 된장 같은
흙냄새를 가지고

기다리던 빗소리와 함께
어린 갈바람이

제4부

/ 홍씨氏 할머니 /

소신공양

매~앰~~~~맴

바람이 잠든 숲
숨도 멈춘 매미의 절규에
깜짝 놀란 은행알이 뚝 떨어지고
솔방울은 이내 자신을 새까맣게 태운다
활화산 같은 여름에 먼저 백기를 든 것일까?

간간히 지나는 등산객 발걸음 소리에
나무 끝에 앉은 까마귀의 울음은 허공을 메우고
검은 기와를 인 숲 속 대웅전 단청은
산속 탱화가 되었다

잠시 스치는 바람은 목탁이 되어
가지에 달린 잎들을 두드리고
칠월은 스르르 피어오르는
팔월 불 속으로 자신을 던진다

바다 숲

나무들만 울창한 숲 속에
길 잃은 돛단배 한 척 길게 누웠다

숲으로 뛰어가는 바람에
나뭇잎들은 뭉게구름이 되어
쓸려갔다 밀려오는 파도가 되어
넘실넘실 나무를 탄다

바위가 된 나무,
자갈이 된 솔방울,
모래가 된 솔잎,

그 깊은 바다 속으로
그리움을 찾는 사람들이
하나 두울 빠져들어 가고

숲 속에 매어 있던 작은 돛단배도
숲이 내는 파도소리에 돛을 올리고
긴 잠에서 깨어난다

호박꽃

휴일 뒷산 가는 길
작은 채소밭을 둘러싼 울타리에
노랗게 핀 호박꽃을 보았습니다

인적 드문 오솔길 옆
마치 환하게 비추는 보름달 같은
노란 호박꽃이 피어 있었습니다

아래서 바라본 넓은 호박잎
옆에서 바라본 노란 봉오리가
진흙 속에 피는 연꽃을 닮았습니다

밥 한 술에 젓갈 올린 호박잎 쌈
구수한 된장에 잘 익은 호박 한 덩이
하얀 옷을 입힌 호박전

소박한 밥상 위로 올라오는
호박들의 변신이
풍요로운 관세음을 닮았습니다
낮고 낮은 곳으로 낮추시며
중생 구제의 원력을 세우신
자비심의 화신 관세음을

연꽃이 고귀함의 부처를 닮았다면
호박은 자비행의 보살을 닮았다
연꽃과 호박은 부처 세상에 사는 꽃이다

작은 호박 속에는
관세음 자비도,
주름진 할머니의 정성도,
다정한 엄마의 사랑도,
하나 둘 포근히 영글어 간다

호박꽃은 내게
더 이상 못 생긴 꽃이 아니다

땅 위에 피는 노란 연꽃이다!

송화탑 松花塔

오월 이맘때만 되면
천년을 산다는 소나무는
천 개의 손으로
흙과 햇빛, 비님들의 공양으로
천 개의 황금 탑을 쌓는다

번뇌의 가시 속에서
덕지덕지 붙은
탐욕의 껍질을 뜯어내며
기단이 된 굽힌 가지 위에
한 층 한 층 탑신을 세운다

바람이 층층마다 경을 새기면
흔적의 가루는 연두색 향연이 되어
자유롭게 세상을 비상한다

그래서 오월은
온통 연한 연두빛이다
바람이 전해 주는 소식에
세상은 고요히 내려 앉아 귀두레를 한다

민들레 2

막다른 골목의 끝
가로막힌 벽 아래
발길 가지 않는 곳
눈길 두지 않는 곳

잎이 잘리고
꽃대가 부러져도

후~

노란 걸망을 벗은 수행자가
온 시름을 날리고
길에서 길로 나선다

다시 소외되고 외진 곳으로
훨훨 여행을 떠난다

수원지 죽비

비님들이 물 위를 걷습니다
또닥또닥 잔걸음으로
고요한 수원지를 걸어서 들어갑니다

숲 속에선
키 큰 나무들과 키 작은 나무들이
우산도 없이 하루 종일
비를 맞으며 명상에 잠겨 있습니다

바람에 흔들릴 때마다
비는 죽비처럼 잎을 후려쳐 깨웁니다

선정에 든 나무들 사이
나는 고요히 포행을 합니다

나무들이 나를 대신하여
죽비를 맞을 때마다
후두둑
작은 우산이
내려치는 죽비를 맞을 때마다
심장이 빨갛게 불이 타오릅니다

가슴이 하얗게 젖어듭니다

수원지에 내리는 비는
봄비가 아니었습니다

빈털터리

오늘은 이리 비틀 내일은 저리 비틀
바람 따라 왔다가 구름 따라 가는구나

정처 없이 떠돈 인생 길도 잃고 병도 들어
상처뿐인 몸과 마음 병든 몸만 가졌구나

얼굴에도 손등에도 얼룩배기 황소처럼
저승꽃인 검버섯만 추하게도 피었는데

고향 떠나 떠돈 지가 몇 겁이나 되었을까
그리워서 보고파서 눈물 흘러 강물이라

부귀영화 내 것일까 사랑명예 내 것일까
돈과 권력 어디 갔나 빈털터리 인생이여

서쪽하늘 붉은 노을 출렁이며 손짓하네
어서 오라 손짓하네 다 타버린 나그네여

어라어라 넘어간다 술 취한 듯 넘어간다
어라어라 넘어간다 빈털터리 나그네가

통도사 홍매

영취산 아래
북적이는 큰 절간
삼백 오십 살 할머니가 산다

나이 들면
피부가 얇아서일까
봄이면 제일 먼저 일어나

톡 톡!!
헛기침을 하며
겨울잠을 자는 중생들을 깨운다

삼일도 아니고
삼백 년도 훌 넘는 세월을
영각 앞에서 부처님께 공양을 올린

홍씨氏 할머니의 공양은
한 권 붉은 경전이 되어
봄이면 군중들 속에서 웅성이며 독송된다

사랑해 관세음보살

정목스님이
인도 갠지스 강의 화장터에서
하루 종일 시신 태우는 걸 보셨대
팔도 타고 다리도 타고
몸뚱이가 다 탔는데
심장은 4시간을 더 타더래
그만큼 질기고 튼튼한 거지

그런데
우리 주위에 심장병으로 죽는 경우가 많잖아
심장이 대못에 찔리고
심장에 대못이 박혀서 그런 거래
하나하나 대못이 된 말에

당신도 나처럼
심장에 박힌 대못을 빼고 싶은가
도무지 빼어 내지 못할 것 같지만
세 글 다섯 자로 뺄 수 있어
사랑해 관세음보살
사람이 죽을 때 심장은 멈춰도
뇌는 바로 죽지 않고 서서히 죽는대

심장이 멈춰도
얼마 동안은 들을 수 있다는 거지

누가 죽으면 울지 말고
세 글 다섯 자로 말해 줘
사랑해 관세음보살

죽어서도
그대의 당신은
그대의 소리를 듣고
그대를 영원히 기억하고
당신을 영원히 사랑으로 태워 줄 거야!

그대는 또 당신을 사랑하고

사랑해 관세음보살

새벽기도

하얀 눈밭을 껑충껑충 뛰는 강아지처럼
날마다 즐거움과 기쁨에게
입맞춤하게 하소서!

캥거루가 아기집에 새끼를 넣고 다니듯
고통도 아픔도
사랑으로 껴안게 하소서!

굶주린 악어가 강물에 있어도
강을 건너는 저 소떼들처럼
두려운 세상을 거침없이 건너게 하소서!

자신의 키보다 몇백 배나 높이 뛰는 벼룩처럼
높은 꿈과 희망을 뛰어넘는
힘과 지혜를 배우게 하소서!

한 번 물면 놓지 않는 사냥개처럼
올바른 일에 마주 서면
끝까지 놓지 않게 하소서!
고래와 거북이의 장수비결이
느리고 깊은 호흡인 것처럼
빨리빨리 병에서 벗어나게 하소서!

알을 낳기 위해 아무것도 먹지 않고
천 킬로를 헤엄쳐 오르는 연어처럼
힘겨움과 버거움을 참고 견디고
인내하며 살게 하소서!

새끼를 지키기 위해 6개월간 꼼짝없이
한자리에서 먹지도 못하고 죽어 가는 대왕문어처럼
내 삶의 마지막도 숭고하게 떨어지게 하소서!

나를 위한 기도

웅덩이에 괴여 썩은 물처럼
누군가를 미워해서 움푹 파인 마음을
사랑으로 메우고 사랑으로 다져서
포근히 안아 주는 넓은 바다가 되게 하소서

돌부리에 걸려 넘어져도
남의 탓이라 했던 툭 튀어나온 마음을
내 탓이란 숫돌로 갈고 닦아
정진의 날을 세워 나를 내려치게 하소서

물 썩은 웅덩이에 해충이 알을 낳듯
미움에 미움이 더해지는 증오는
화해, 용서, 이해, 관용으로 메꾸어
진흙에서 연꽃이 피어나듯
어둡고 혼탁한 세상에 가로등이 되게 하소서

가스가 틀어진 방에서 성냥으로 불을 지피듯
화를 내는 순간 모든 것은 타서 재가 되는 분노는
용서라는 마음의 창문을 열어
감사의 연꽃으로 피어나게 하여 주소서

이 모든 기도를

내 눈으로 볼 수 있게 두 눈을 뜨게 하시고

내 귀로 들을 수 있게 두 귀를 열어 주시고

내 손으로 행할 수 있게 두 손을 비워 주소서!

향연香煙

하얗게 탄 재의 향香은 지나간 과거過去이고
검은색 타지 않은 향香은 오지 않은 미래未來이며
빨갛게 타들어 가는 향香은 지금 현재現在이듯,

순간이 가장 소중한 삶이고
지금이 가장 아름다운 삶이며
현재가 가장 밝은 삶이다

문門

길을 따라
걷다가
열린 문으로
들어서니

법당에
근엄하게
앉아 계신다

가을
그 풍요의
부처님이

벌써

인연

인이 밀물이고
연이 썰물이면
인연은 끝없는 바다입니다

인이 하늘이고
연이 땅이라면
인연은 무한한 우주입니다

인이 낮이고
연이 밤이라면
인연은 소중한 하루입니다

인이 남편이고
연이 아내라면
인연은 기쁨의 자식입니다

인이 태양이고
연이 달이라면
인연은 한없는 밝음입니다

소고기
국밥

인이 비이고
연이 눈이라면
인연은 순환하는 계절입니다

인이 사랑이고
연이 미움이라면
인연은 무한한 자비입니다

인이 만남이고
연이 이별이라면
인연은 무집착입니다

운수사雲水寺 풍경風磬

휘감아 돌던 요령搖鈴소리가
밀물처럼 빠져 나간 법당法堂 밖

대적광전大寂光殿 처마 끝 풍경風磬이
바람에 쓸린 다라니陀羅尼를 외운다

깊은 뿌리 수인手印을 한
엎드린 풀과 소나무, 무명화無名花의 공양供養에

간절히 매어 달린 기도祈禱는
동서東西로 또, 남南과 북北으로 감로풍甘露風이 되고

돌사자의 한가로운 하품에
낙동강洛東江이 삼킨 운수천雲水川은

굽이굽이 낮은 몸으로
낙동강洛東江을 마신 바다로 쉼 없이 흐르고

발 없는 풍경風磬은
한 마리 무어無魚가 된다

하늘과 바다 산과 들에서
자유롭게 유영游泳하는

범어사 은행나무

마당을 울리는
어지러운 목탁 소리
무섭게 옮겨 놓는 발복의 발걸음들이
하루 종일 뿌리로 스며들면

별, 달 그리고
이슬이 내리는
하얀 밤을 기다리며
하나씩 꾸역꾸역 씹어 올린다

천삼백 년 절집에서
화석처럼
육백여 년 가부좌를 틀고 앉아
좌선에 들지만

주위를 둘러 메운
세속의 하소연
즐거운 놀이에 빠져
삼매에 들지 못하고
감지 않은 머리카락에 생긴 이처럼
가지 사이사이로

번뇌의 노란 똥들이
덕지덕지 붙어산다

일원상 같은 나이테가 하나씩 생길 때마다
머리를 흔들어 털어 내지만
무거운 짐을 멘 저 아낙은
오늘도 걸망 속 이야기를 풀어놓겠지

문득
죽비처럼 내려치는
스님의 연비에
화들짝 잠에서 깨어
다시 천년의 염불선에 들어선다.

석불사 병풍암 가는 길

빛과 나뭇잎이
한낮
하얀 그림자로 검은 아스팔트에
알지 못할 춤사위를 그린다

바람을 타고 내리는
아카시아 꽃향기는
코 안을 한 바퀴 돌아
하얀 그림자 위에
노란 무덤을 만들고

산이 담아 놓았던
며칠 전 내린 빗물은
움푹 파인 개울 바위틈 사이를
세차게 내려오며
긴 여행 노래를 부르며

너무 흔해
꽃 대접도 받지 못한다는
한 무더기 산괴불주머니가
노란 복주머니 속에서
까만 염주를 돌리는데

저 멀리 향 내음에
벙거지 모자를 벗고
개울가에 앉아
손을 씻으니

부처님의 시자인
산들바람이
이마의 땀도
맘의 망상도 씻겨 준다

다시 배낭을 멘다
두 발은 뚜벅뚜벅!
두 눈은 또박또박!

눈도 발도
목탁이 된다

부처님 오신 날

가을 하늘보다
높은 자비로 오셨습니다

태평양 마리아나 해구보다
깊은 낮음으로 오셨습니다

수미산보다
높은 지혜로 오셨습니다

태양보다
밝은 빛으로 오셨습니다

삼계를 울리는
큰 법고로 오셨습니다

삼독을 덮는
큰 연꽃으로 오셨습니다

꺼지지 않는
하얀 등불로 오셨습니다

가릉빈가보다
아름다운 울림으로 오셨습니다

부처님께서
부처 세상에 오셨습니다

고백

"엄마!
내가 말 못할까 봐 전해 놓는다.
사랑해!"

부처님!
이 아들이 다시 엄마의 따뜻한 품에 안겨
아 짧은 세 마디를 하게 하여 주소서!

"애들아,
진짜 내가 잘못한 것 있으면 용서해 줘.
다 사랑한다."

부처님!
이 어린 생명이 무슨 큰 잘못을 지었겠습니까?
고작 작은 욕설 했다고?
생일 잊어버리고 선물 못 사줬다고?
이 아이의 작은 용서를 저버리지 말아 주소서!

"애들아,
살아서 만나자.
여러분 모두 사랑합니다ㅋㅋㅋ"

부처님!
선생님이기에 이렇게 허탈하게 웃지 말게 하시고
당당하게 교단에 서서
큰 소리로 고백할 수 있게 하소서

"다들 사랑해.
진짜 죽을 것 같아."

부처님!
아이들은 거짓말로 장난치는 것 좋아하지요
이 아이의 거짓말을 용서해 주십시오
거짓말한 죄값은 제가 대신 받겠습니다

부처님
아이들이 잠들지 못하게
온화하고 자비로운 법음으로
언제까지나 깨어있게 하소서!

부처님
아이들이 체온이 떨어지지 않게
서로 껴안은 자리에
부처님의 따뜻한 법의로 감싸 주소서!

부처님!
아이들이 절망과 포기란 글을 잊어버리고
희망과 용기의 글자로
노래를 부르게 하소서!

부처님!
맑은 부처님의 입김이
그들에게 생명의 공기로 바뀌는 가피를 내려 주소서!

부처님!
다치거나 피가 나는 아이들의 상처를
자비의 손으로 감싸
흐르는 피를 멈추게 하여 주소서!

부처님!
어둠과 두려움에 떨고 있을 아이들에게
간절한 기도가 전하여지도록
밝은 출구의 문을 속히 열어 주소서!

소리기
국밥

부처님!
아이들을 위한 저의 기도가
여기서 멈추게 하여 주소서

부처님
부처님
우리부처님

불일암 가는 길

쭉쭉 뻗은 편백나무 숲을 지나
얕은 돌담을 끼고
그림의 여백처럼 남겨진 언덕길을
말 없는 발걸음이 소리를 뱉는다

여름 폭풍에 굽고
겨울 눈보라에 휘어진 소나무가
벼랑 끝 바위에 기댄 채
힘겹게 길손에게 구걸을 한다

굽어 도는 곳
돌 수각에 사는 이끼들은
파릇파릇 봄옷을 걸치고
빨간 플라스틱 바가지는
꽃이 나비를 부르듯 벌린 입으로
지친 나그네와 긴 입맞춤을 한다

졸卒 졸卒 졸卒~
쉬지 않고 흐르는 대롱의 물소리는
하심으로 이끄는 스님의 법문에 닮아
화려한 범무를 춘다

깍깍 깍깍깍!

대숲 어디에선가
까치가
목청껏 염불을 한다
대롱 물 떨어지는 소리에

동화사桐華寺의 향기香氣

어디선가 좋은 향기가 난다

거친 각질 굽은 소나무가 인사를 하고
이름 모를 꽃들이 춤을 추며
낮게, 낮게 소근거리는 잔디들이 노래를 한다

바람에 실려 금강문 기와 위에 터를 잡은
노란 억새가 아침 햇살에
금빛 가루를 뿌리고

제방에 갇힌 물결은
자유를 향해 작은 몸부림으로 일렁인다

허공 긴 줄에 매어 달린 연등은
줄지어 소망을 달고 승무를 춘다

어디선가 좋은 향기가 난다
대웅전에 피워 올린 한 자루 향

소리
국밥

오동나무 꽃향기를 업고
봉황의 날갯짓처럼 하늘로 날아오른다

어디선가 좋은 향기가 난다

햇볕에 단풍 타는 내음이
가을 하늘 가득 흩날린다

송광사 가는 길

꿈속인가
꿈 밖인가

구름이 달빛 삼킨 흐린 새벽
입 벌린 배낭 속에
하루를 넣고 신발을 동여맨다

구르는 바퀴에 몸을 던져
허리와 가슴을 자르고 흠집 낸
산과 산을 밟으며

낙동강과 섬진강도 넘고
원망과 미움의 강도 건너고
갈등과 차별의 깊은 골짝을 지나니

솔숲 나무솔개의 날갯짓에
수염을 내리고 알알이 온몸을 감싼 옥수수
태양을 향해 팔 벌린 색색 코스모스
머리 숙인 들판의 황금 이삭이
고요히 승무를 펼친다

평온한 미소의 북소리가
천년이 지난 자리에서
미묘하게 들려온다

꿈도 아니고
꿈 아님도 아닌
송광사 가는 길

범어사 대나무 숲

바다가 그리워
깊은 산속에다
바다를 심었을까?

스으 스으
대나무 높은 숲에
초록 파도가 일렁인다

윤회의 바다에 닻을 내린 배처럼
어둠 깊은 땅에서
마디, 마디 곧은 심지를 올리니

싸아 싸아
경허스님 파도에
뱃길이 열리고
동산스님 댓잎 울음소리에 항해를 하며

오늘도
밤길 잃은 나그네들은
댓잎 뱃고동 소리에
허공으로 돛을 올린다

탑돌이

윤회의 냇가에 터를 잡아
아픈 중생을 하나씩 업었다

태풍도 홍수도 어쩌지 못하는
서원의 탑에

태산 같은 번뇌 욕망
바람이 쓸고 가고

바다 같은 욕망
시냇물이 씻어 낸다

하下 심心 도島

텅 빈 법당
닫집 아래 연화대
잿빛 바랜 그 섬에 간다

두 손 가슴에 모아
허리를 숙이고
두 무릎을 꿇고 팔꿈치 붙여
높고 높았던 이마를 섬에 내린다

주루룩
작은 섬으로 눈물이 흐른다

천 개중 두 개의 손으로
눈물을 닦아 주고
가만히 나를 일으켜 세우신다

거대한 두 발 아래 나는 다시
엎드린다
푸른 바다 그 섬에

심진

사랑함과 미워함으로 균열이 생긴다

버림과 취함으로 아래, 위로 흔들린다

즐거움과 괴로움으로 크게 어긋난다

나고 죽음으로 잿더미처럼 파괴된다

증오와 용서로 끝없이 부서진다

땅의 흔들림은 작은 지진이다

마음의 지진보다는

당신을 따르겠습니다

당신의 첫 마음을 따르겠습니다
좋아서 만난 마음이 변치 않는

당신의 눈을 따르겠습니다
진리, 청정, 지혜, 자비의 눈을

당신의 귀를 따르겠습니다
소리가 아닌 마음을 듣는

당신의 입과 혀를 따르겠습니다
향기로운 말과 좋은 법만 설하는

당신의 손을 따르겠습니다
세상 고통과 괴로움을 어루만져 주는

당신의 황금색 몸을 따르겠습니다
서원이 변치 않는 황금 같이

 당신의 칼을 따르겠습니다
욕심내고, 화내고, 어리석음을 단번에 베어 버리는

당신의 비움을 따르겠습니다
빈 그릇이 무언가를 담아 쓸모 있는 것 같이

당신의 행을 따르겠습니다
베풀고, 사람 도리를 지키며, 용서하고,
몸과 마음을 닦고, 고요히 지키는

당신의 빛을 따르겠습니다
세상을 비추는 해보다 마음을 비추는

당신의 죽음을 따르겠습니다
일체 번뇌를 지혜로 소멸한

당신의 꽃을 따르겠습니다

은행나무처럼 살게 하소서

고향 가는 길에 은행나무가 있습니다
내 어릴 땐 키가 작았습니다
몸도 가냘프고 건드리면 뽑힐 듯했습니다
그 은행나무들이 이제 제 키보다 훨씬 컸습니다

오늘 아침은 세찬 바람이 붑니다
아직은 노랗게도 물들지 않은 잎들입니다
하나씩 둘씩 바람에 맡겨 버립니다

얼마 전 바람에는 쥐고 있던 열매도 놓아 버렸답니다
은행나무들은 이야기합니다
추운 겨울이 오면 화려하고 예쁜 잎들을 버린답니다
그냥 불어오는 바람에 맡겨 버린답니다

여름날 풍요로움도 날려 보낸답니다
단단한 나이테로 몸을 감싼답니다
나는 겨울이 오면 두터운 외투를 입습니다
나는 추운 바람이 불면 털모자를 씁니다
나는 추운 겨울이 오면 호주머니에 손을 넣습니다
나의 주머니에 들어간 손은 빠지지 않습니다

나는 화려했던 잎들을 버리는
은행나무보다 못한 사람이었습니다

그래서
나는 은행나무처럼 살고 싶습니다
세상 더러움에 물들지 않고 화생한 연꽃처럼

마음 그릇

싸고 못난 그릇을 샀습니다

그 그릇에 초를 담았더니
어둠을 밝히는 촛대가 되었습니다

그 그릇에 향을 꽂았더니
좋은 향기가 나는 향꽂이가 되었습니다

그 그릇에 꽃을 심었더니
에쁜 화분이 되었습니다

그 그릇에 담배꽁초를 담았더니
더러운 쓰레기통이 되었습니다

그 그릇에 맑은 물을 담았더니
내 모습이 온전히 비치는 맑은 거울이 되었습니다